Les ennuis de Julie

Teddy Slater   Illustrations de Sally Springer

Texte français de Laurence Baulande

Éditions
■SCHOLASTIC

Pour Arthur Howard : bonne fête!
— *T.S.*

Pour D.W., qui ne se laisse pas intimider!
— *S.S.*

Catalogage avant publication de Bibliothèque et Archives Canada

Slater, Teddy
Les ennuis de Julie / Teddy Slater; illustrations de Sally Springer;
texte français de Laurence Baulande.

(Attention! Intimidation)
Traduction de : Trouble for Trudy.
Public cible : Pour les 5-8 ans.
ISBN 978-0-545-99895-6

I. Intimidation--Romans, nouvelles, etc. pour la jeunesse. I. Springer, Sally II. Baulande, Laurence
III. Titre. IV. Collection : Slater, Teddy. Attention! Intimidation.

PZ23.S585En 2007   j813'.54   C2007-902822-5

Édition publiée par les Éditions Scholastic, 604, rue King Ouest, Toronto (Ontario) M5V 1E1.

5 4 3 2 1   Imprimé au Canada   07 08 09 10 11

Le premier jour d'école, personne ne s'assoit à côté de Julie.

Julie a les cheveux roux toujours en bataille et de grosses lunettes rondes. Ses vêtements ne sont jamais assortis. Tout le monde trouve qu'elle a l'air bizarre.

Mais Julie ne fait rien de bizarre.
Elle est intelligente, drôle et très gentille.

Pourtant, on dirait que les autres élèves ne s'en rendent pas compte.
Dans sa classe, personne ne cherche à la connaître...

Personne, sauf Marianne.

Marianne est un peu différente des autres. Elle sait marcher
sur les mains, jouer de la trompette et dire le mot « bonbon »
dans six langues différentes.

Julie et Marianne deviennent amies.
Elles jouent ensemble à la récréation.

Elles s'assoient l'une à côté de l'autre pour le dîner.

Elles se racontent tous leurs secrets.

Un jour, Julie et Marianne reviennent ensemble de l'école
quand elles entendent une voix derrière elle.
— Hé! Julie Quat-z'yeux!

Les deux amies se retournent.
Plusieurs enfants s'avancent vers elles.

— Pas toi, dit l'un des garçons à Marianne.
Toi, ça va. C'est à elle que je parle.
Il montre Julie.

Une des filles arrache les lunettes de Julie.
Julie ne bouge pas.
Elle ne voit presque rien sans ses lunettes.

Julie cherche la main de Marianne.

— Marianne? demande-t-elle. Marianne regarde Julie. Elle regarde le groupe d'enfants, puis elle regarde de nouveau Julie.

Marianne voit que Julie a peur.

Et elle a peur, elle aussi. Elle a peur que les autres lui fassent mal, si elle défend Julie.

D'un autre côté, Marianne voudrait vraiment aider son amie.

Et toi, que ferais-tu si ton ami(e) se faisait agresser?